V

VILLE DE TOURS

(Indre-et-Loire)

SUCCESSION

DE

Mme Veuve DUPRÉ

EXEMPLAIRE D'ALFRED BEURDELEY

VENTE EN OCTOBRE 1885

Vve RENOU et MAULDE
IMPRIMEURS DE LA COMPAGNIE DES COMMISSAIRES-PRISEURS
Rue de Rivoli, 144

Ville de TOURS (Indre-et-Loire)

VENTE AUX ENCHÈRES PUBLIQUES

Par suite du décès de Madame veuve DUPRÉ

Antiquaire à Tours

DES

OBJETS D'ART

ANCIENS

COMPRENANT

BEAUX BRONZES

Des époques Louis XIV, Louis XV, Louis XVI et Empire

TRÈS BELLE PAIRE DE BRAS ROCAILLE, PAR CAFFIÉRI

MEUBLES ANCIENS DE TOUTES ÉPOQUES

SIÈGES DE DIVERSES ÉPOQUES

TABLEAUX ANCIENS

Miniatures, Ivoires, Emaux

Objets de vitrine, dont une splendide Châtelaine avec émaux de PETITOT et BOURLIER

OBJETS DIVERS

TAPISSERIES, ÉTOFFES, TENTURES ANCIENNES

DENTELLES DE TOUTES FABRIQUES

Dont un remarquable Volant, guipure de Venise Louis XIV (3m 36)

DONT LA VENTE AURA LIEU

A TOURS, RUE COLBERT, N° 40

Du Lundi 19 au Samedi 24 Octobre 1885

A UNE HEURE

MM^es FONTAINE et LARROUYET

COMMISSAIRES-PRISEURS

à TOURS (Indre-et-Loire)

M. E. GANDOUIN

EXPERT

à Paris, rue Le Peletier, n° 42

et, à Tours, hôtel du Faisan

CHEZ LESQUELS SE DISTRIBUE LE CATALOGUE

EXPOSITIONS PUBLIQUES

Les Samedi 17 et Dimanche 18 Octobre 1885, de midi à 4 heures

Le Catalogue illustré de Photographies : **7 francs.**

PARIS — 1885

CONDITIONS DE LA VENTE

Elle sera faite au comptant.

Les Acquéreurs paieront DIX POUR CENT en sus des adjudications, applicables aux frais.

L'Expert, chargé de la Vente, se réserve la faculté de réunir ou diviser les lots.

Les Tares et Défauts omis au présent Catalogue seront annoncés à chaque mise en vente des Objets.

En cas de contestation sur une enchère, l'objet sera immédiatement remis en vente.

L'ordre numérique du Catalogue ne sera pas suivi.

LE CATALOGUE SE DISTRIBUE

à **AMIENS**........... Chez M. LEFÈVRE, antiquaire.
à **ARRAS**............ — M. COSSIAU, rue des Trois-Faucilles.
à **BEAUVAIS**........ — M. DELAFOSSE.
à **BRUXELLES**...... — M. LAMPE, Expert des Musées royaux, rue Traversière, 82.
à **CAMBRAI**......... — M. GUILMAIN BRACQ, antiquaire.
à **DOUAI**............ — M. MAILLIEZ, rue de Valenciennes, 30.
à **LIÈGE**............ — M. RENARD, rue Saint-Jacques, 1.
à **LILLE**............. — M. CARLIER, rue Esquermoise, 7.
— .... — M. SENOUTZEN, orfèvre, rue Esquermoise, 18.
à **LONDRES**......... — MM. CHRISTIE, MANSON et WOODS, 8, King Street, Saint-James S. W.
à **PARIS**............. — M. E. GANDOUIN, rue Le Peletier, 42, et au *Journal des Arts*, rue Le Peletier, 47.
à **PÉRIGUEUX**....... — M. LAFOND, antiquaire.
à **ROUEN**............ — M. LEFRANÇOIS, rue d'Amiens, 46.
à **VALENCIENNES**... — M. MAILLARD, rue Saint-Gery.
à **VERSAILLES**...... — M. GUILLEMOT, rue Duplessis, 34.

NOTA

M. GANDOUIN, Expert, chargé de la Vente, remplira les Commissions des personnes qui ne pourraient y assister.

Il se charge de toutes expertises et rédaction de Catalogues, pour collections particulières et pour celles destinées à être vendues aux enchères, ainsi que d'estimations d'Objets d'art, pour partages de succession et autres cas.

ORDRE DES VACATIONS

Le *Lundi*	19 *Octobre*..............	N°s 365 à 505
Le *Mardi*	20 *Octobre*....	506 à 592 712 à 782
Le *Mercredi*	21 *Octobre*..	783 à 826 593 à 639 640 à 680
Le *Jeudi*	22 *Octobre*..	271 à 364 681 à 711
Le *Vendredi*	23 *Octobre*....	1 à 135
Le *Samedi*	24 *Octobre*............. ..	136 à 270

DÉSIGNATION

BRONZES ANCIENS
PENDULES, CANDÉLABRES, FLAMBEAUX
ETC., ETC.

1 — Remarquable paire d'Appliques à 4 lumières, époque Louis XV, ciselées et dorées.

Cette remarquable paire de bras de goût rocaille, d'une superbe conservation et sous son ancienne dorure, est attribuée à Caffiéri.

Haut. 68 c., larg. 52 c.

2 — Très belle Pendule de l'époque Louis XIV en écaille rouge, marqueterie de cuivre, ornée de bronzes ciselés et dorés, surmontée d'une figure de Renommée.

Cette Pendule, exécutée par Boulle, est dans un bon état de conservation.

Haut. 78 c.

3 — Socle de Pendule à accrocher la tablette supérieure supportée par des S, marqueterie d'écaille rouge et de cuivre, orné de jolis bronzes ciselés. Manque le culot et une des petites cariatides.

Travail de l'époque Louis XIV.

4 — Grande Pendule à accrocher avec son socle, époque Louis XIV, forme droite, en écaille noire et marqueterie de cuivre gravé, ornée de bronzes ciselés et dorés, surmontée d'une figure de Mercure.

Haut. de la pendule et du socle 1m46.

5 — Pendule époque Louis XVI, marbre et bronze, dorée, modèle dit à colonnades, ornée de trophées d'instruments de musique et de frises chargées de jeux d'amours. Très bien conservée.

Haut. 62 c.

6 — Autre Pendule, même époque, marbre blanc et bleu turquin, ornée de bronzes ciselés et dorés.

Haut. 41 c.

7 — Pendule époque du Ier Empire, marbre vert antique, bronze ciselé et doré.

Le sujet représente Marius et le bas-relief ornant la base, Marius à Minturnes. En très bon état de conservation.

Haut. 60 c.

8 — Paire de très beaux Candélabres représentant des femmes (Génies ailés) supportant sur la tête 4 lumières et de chaque main 2 lumières en forme de carquois.

Les figures des femmes sont en bronze bronzé, le socle en marbre vert antique, les lumières ainsi que les ornements des socles sont en bronze doré. Travail attribué à Thomire.

Haut. 89 c.

9 — Paire de Bras-Appliques à 3 lumières, époque Louis XVI, bronze ciselé et doré, modèle à la tête de bouc.

Haut. 43 c.

10 — Paire de Bras à 3 lumières, bronze doré, style Louis XVI.

11 — Paire de Bras à 2 lumières, bronze poli, style Louis XIV.

12 — Pendule époque Louis XVI, marbre blanc, bleu turquin et bronze doré.

Le sujet représente une jeune Femme et un Enfant défendant un nid d'oiseaux.

Haut. 43 c.

13 — Paire de Candélabres socles en marbre blanc, Amours portant sur la tête des bouquets de lys. Les bouquets réparés.

Haut. 69 c.

14 — Grande Pendule époque Louis XVI, marbre blanc et bronze doré, modèle à portique, surmontée de Sphinx et d'un Aigle aux ailes éployées.

Haut. 73 c.

15 — Paire de Candélabres époque Louis XVI, vases en marbre contenant des bouquets à 4 lumières, bronze ciselé et doré. Manque deux binets et un panache.

Haut. 57 c.

16 — Pendule époque Louis XVIII, marbre griotte, bas-relief et ornements en bronze ciselé et doré, figures en bronze bronzé.

Le sujet représente Clio et un Flûtiste. Bel état de conservation.

17 — Paire de Candélabres à 5 lumières, époque Empire, socles en marbre vert antique, ornés de bas-reliefs en bronze ciselé et doré, surmontés de figures de Femmes ailées bronzées, portant dans leurs mains un carquois, auxquels sont attachés des cornes d'abondance.

Haut. 97 c.

18 — Garniture de cheminée en bronze vert et bronze doré, époque Louis XVIII. La Pendule surmontée d'une figure d'Apollon, les deux vases ornés de lyres.

19 — Pendule borne, marbre noir, bronze doré, époque Louis-Philippe, surmontée d'un sujet représentant la Poésie.

20 — Paire de Chenets époque Louis XVI, modèle à vases bronze ciselé, dorure moderne.

21 — Pendule époque Louis XIII, forme dite religieuse, marqueterie d'écaille rouge et cuivre gravé.

22 — Paire de Candélabres à 4 lumières, bronze ciselé et doré, époque Louis-Philippe.

Haut. 61 c.

23 — Garniture de cheminée : Pendule et Candélabres, époque Louis-Philippe, marbre noir et vert antique, figures bronzées et ornements bronze doré, sujet représentant les Saisons.

24 — Pendule époque Louis XVI, modèle à portiques marbre blanc et marbre noir, ornée de bronzes ciselés et dorés et surmontée de vases à fleurs et d'un aigle aux ailes éployées.

25 — Lustre à douze lumières, époque du Ier Empire, bronze ciselé et doré, orné de cristaux.

26 — Lustre en bronze, style gothique, quelques parties anciennes.

27 — Deux Statuettes : Taureau et Cheval, bronze du XVIe siècle.

28 — Bronze. Main de la duchesse de Berry.

29 — Pendule époque Louis XVI, marbre noir, ornée d'appliques bronze ciselé et doré, bas-reliefs représentant des jeux d'enfants, modèle à portique.

Haut. 52 c.

30 — Paire de Candélabres époque Empire, les figures de femmes aux ailes éployées, en bronze bronzé, supportent 4 lumières bronze ciselé et doré.

Haut. 74 c.

31 — Paire de Flambeaux en bronze ciselé et doré, époque Louis XVIII.

32 — Paire de Flambeaux époque Louis XVI, en bronze argenté.

33 — Paire de Flambeaux en bronze doré, style Louis XV.

34 — Autre paire de Flambeaux, style Louis XVI, en bronze doré.

35 — Autre paire de Flambeaux, style Louis XV, en bronze doré.

36 — Autre paire de Flambeaux, style Louis XVI, en bronze doré.

37 — Paire de Girandoles, époque Louis XVI, en bronze argenté.

38 — Sous ce numéro, dix paires de Flambeaux de diverses époques.

39 — Flambeau bouillotte, à trois lumières, époque Louis XVI, bronze argenté.

40 — Autre Flambeau bouillote à trois lumières, époque Louis XVIII, en bronze bronzé et bronze doré.

41 — Deux Appliques à une lumière, en bronze doré Louis XIV.

42 — Paire de Chenets style Louis XIII, à boule et masque de dauphin, en cuivre poli.

43 — Pendule époque Louis XVIII, en bronze vert et bronze doré, sujet de chasse, surmontée d'une figure de chasseur.

44 — Belle paire de Flambeaux girandoles, époque Louis XVI, modèle à cassolettes, en bronze ciselé et doré.

45 — Pendule en bronze vert et bronze doré, époque Louis-Philippe, représentant des Indiens.

46 — Paire de Flambeaux époque Louis XV, bronze gravé et argenté.

47 — Paire de Flambeaux girandoles, modèle à vase, trois lumières, bronze argenté, époque Louis XVI.

48 — Pan. Buste en bronze.

49 — Bronze. Mercure (Statuette).

50 — Deux Flambeaux carrés, style Louis XIII, bronze poli.

51 — Paire de petites Jardinières, bronze doré, époque Louis XVIII.

52 — Encensoir de l'époque Louis XIV, bronze ciselé et argenté.

53 — Paire de Flambeaux albâtre, bronze ciselé et doré, époque Louis XVI.

54 — Croix processionnelle, bronze argenté, époque Louis XIV.

55 — Bas-Relief rond, famille du duc de Parme, bronze vert.

56 — Grande paire de Chenets, modèle à galerie, surmontés de vases, bronzes ciselés et dorés, époque Louis XVI.

57 — Sous ce numéro, quantité de Statuettes en bronze, Entrées de serrures en bronze ciselé et bronze doré, Appliques pour meubles Louis XIV, Louis XVI et Empire, en bronze ciselé et doré, Boutons en bronze de diverses époques et Débris divers.

MEUBLES ANCIENS, GLACES

58 — Très belle Commode de l'époque Louis XVI, à ressaut sur la face, ornée de marqueterie de bois, couronnes de roses avec attributs champêtres et trophées de flèches : les côtés ornés de couronnes de roses avec attributs à carquois.

Cette Commode est ornée de chutes, appliques, sabots, guirlandes de chêne et pendentifs, bronze ciselé et doré du temps, marbre bleu turquin à gouttière.

Très bel état de conservation.

59 — Autre Commode de l'époque Louis XVI, marquetée de bois rose, bois d'amarante et bois de couleur, façade à ressaut ornée de médaillons ovales représentant des ruines, des trophées de colombes et carquois ; sur les flancs, des vases.

Bel état de conservation.

60 — Bureau de dame de l'époque Louis XVI, marqueterie de bois rose et bois de couleur à dé, bronzes rapportés.

61 — Secrétaire bonheur du jour à portes pleines, époque Louis XVI, en marqueterie de bois rose et bois de couleur, représentant à la partie supérieure deux motifs de fruits dans les vases, sur l'abattant un port de mer, et sur les portes inférieures des trophées d'instruments de musique; les côtés marquetés sont ornés de bouquets de fleurs et vases.

Bon état de conservation.

62 — Petit Chiffonnier époque Louis XVI, en marqueterie de bois rose et bois de palissandre. (Réparé.)

63 — Autre Chiffonnier, analogue au précédent. (Réparé.)

64 — Commode époque Louis XVI, en marqueterie de bois rose et bois violet. (Réparé.)

65 — Commode de même époque, en marqueterie de bois rose et bois de couleur, ornée de trophées d'instruments de musique et de vases.

66 — Secrétaire de l'époque Louis XVIII, en marqueterie de bois rose et bois de couleur, orné, sur l'abattant et les portes inférieures, de trois petites plaques biscuit de Sèvres à fond bleu.

67 — Secrétaire de l'époque Louis XV, en marqueterie de bois rose et bois de palissandre; les entrées ont été redorées.

68 — Petite Commode de la même époque, en bois rose et bois de palissandre, avec guirlandes de fleurs.

69 — Meuble d'appui à deux portes, époque Louis XIV, en marqueterie de bois de violette et de bois d'amarante.

70 — Commode époque Louis XIV, en marqueterie de même bois, poignées et entrées en bronze ciselé et doré.

71 — Cabinet de l'époque Louis XIII avec son piet-tenant à colonnes torses tournées, en marqueterie de bois de loupe, filets d'ébène, incrustation d'ivoire.

72 — Table de nuit bureau époque Louis XV, en marqueterie de bois rose et bois d'amarante.

73 — Six Fauteuils époque du Directoire, recouverts en tapisseries de Beauvais époque Louis XVI; les dossiers à personnages d'après Boucher, les sièges ornés de sujets d'animaux tirés des fables de La Fontaine.

Bon état de conservation.

74 — Un Canapé époque Louis XVI, à dossier carré, recouvert en cretonne moderne.

75 — Deux Chaises époque Louis XVI, dossier carré à ruban, recouvertes de même.

76 — Deux Fauteuils à dossier ovale, époque Louis XVI, recouverts de même.

77 — Trois Fauteuils à dossier ovale, époque Louis XVI, recouverts de même.

78 — Chiffonnier de style Louis XVI, plaqué de bois rose à filets.

79 — Console demi-lune époque Louis XVI, à pieds cannelés, dessus de marbre.

80 — Console carrée en acajou, époque du Ier Empire, ornée de bronzes ciselés et dorés, dont un bas-relief à figures.

81 — Chiffonnier époque Louis XVI, plaqué de bois rose et bois d'amarante.

82 — Chiffonnier de style Louis XV en bois peint noir.

83 — Autre Chiffonnier plus petit que le précédent, époque Louis XV.

84 — Crédence en bois sculpté et tourné, style Louis XIII.

85 — Table ronde de bouillotte en acajou, époque Louis XVI.

86 — Guéridon de salon en marqueterie de cuivre et écaille, genre de Boulle. Travail moderne.

87 — Table-Guéridon de salon, style Louis XVI, en bois de hêtre sculpté.

88 — Bureau plat, de style Louis XVI, en noyer sculpté.

89 — Deux Tabourets ronds en hêtre sculpté, style Louis XVI.

90 — Table en bois sculpté, de l'époque Louis XIV, dessin moderne, ainsi que la dorure.

91 — Glace de l'époque Louis XV, biseautée, avec cadre en bois sculpté et doré.

92 — Glace de l'époque Louis XIV, cadre à fronton en bois sculpté et doré.

93 — Grande Glace, cadre en bois sculpté et doré. Travail italien du XIXe siècle.

Haut. 1[m]60.

94 — Glace carrée de style Louis XIII, cadre en bois noir avec application cuivre repoussé.

Haut. 1[m]48.

95 — Autre Glace, de même travail que la précédente, mais d'ornementation plus riche.

96 — Glace ancienne de Venise, époque Louis XIV.

97 — Grande Glace, cadre en bois sculpté, époque Louis XV, dorure moderne.

Haut. 2m.

98 — Autre Glace, même époque et même travail que la précédente.

99 — Deux Fauteuils-Bergères époque Louis XV, en bois sculpté et peint noir.

100 — Fauteuil en bois sculpté, époque Louis XIV.

101 — Console de l'époque Louis XIV, supportée par une figure d'enfant, bois sculpté et redoré.

102 — Support en bois sculpté noir, à trois pieds à têtes d'éléphant.

103 — Chaise de l'époque Louis XIII en bois tourné, recouverte en soie Louis XVI.

104 — Une Commode de l'époque Louis XVI en bois de placage rose et palissandre.

105 — Console demi-lune en bois sculpté et doré, de l'époque Louis XVI, ornée de guirlandes de roses, et sur le croisillon d'un vase contenant des fleurs.

106 — Commode de l'époque de la Régence, en bois de palissandre et bois rose, ornée de chutes et entrées ciselées et dorées.

107 — Secrétaire en acajou à filets de cuivre, époque Louis XVI.

108 — Bois d'Ecran en noyer sculpté, style Louis XV.

109 — Bureau cylindre acajou à filets de cuivre, époque Louis XVI.

110 — Console à extrémité concave en bois d'acajou, ornée de cuivre et bronzes dorés. Travail époque Louis XVI.

111 — Coffret de dame en bois laqué. Travail français, époque Louis XV.

112 — Coffret, époque Louis XIV, en marqueterie de bois.

113 — Coffret en bois de loupe, époque Louis XIV.

114 — Petite Commode, époque Louis XVI, en marqueterie très fine dite à damier.

115 — Table-Guéridon, extrémités arrondies, en hêtre sculpté, style Louis XVI.

116 — Autre Table-Guéridon, de style Louis XV, en bois noirci.

117 — Autre Table-Guéridon, de style Louis XIV, en bois noirci.

118 — Deux Meubles d'encoignure, en marqueterie bois de rose et bois de palissandre, époque Louis XV.

119 — Console d'encoignure, époque de la Régence, en bois sculpté, redorée.

120 — Miroir de style Louis XIV, corne fondue, orné de cuivre repoussé.

121 — Table de nuit en bois sculpté, style Renaissance.

122 — Coffre en bois de cèdre, époque Louis XV.

123 — Petite Table d'enfant à pieds tors, époque Louis XIV.

124 — Fauteuil de l'époque Louis XV, garni en blanc.

125 — Deux Fauteuils à dossier carré, époque Louis XVI, garnis de même.

126 — Petit Chiffonnier, époque Louis XVI, en bois de placage.

127 — Trois Chaises en hêtre sculpté, style Louis XVI, modèle dit à la lyre.

128 — Table de nuit en bois d'acajou, filets cuivre, époque Louis XVIII.

129 — Petite Armoire à deux portes pleines sculptées, époque Louis XIV.

130 — Console carrée en acajou, époque Louis XVI.

131 — Armoire à une porte pleine dite bonnetière, époque Louis XV.

132 — Autre Armoire de même époque, à deux portes.

133 — Table style Louis XIV, en noyer tourné à facettes.

134 — Deux Fauteuils, époque du Directoire, recouverts en tapisserie au point et à personnages.

135 — Grand Bureau à cylindre de l'époque Louis XVI, en acajou, filets de cuivre et pieds cannelés.

136 — Autre Bureau, plus petit que le précédent, à pieds carrés.

137 — Petite Table ovale en acajou, époque Louis XVI.

138 — Petite Commode, époque Louis XVI, en marqueterie de bois rose et bois de couleur.

139 — Autre Commode, de même époque, en marqueterie de bois de couleur et bouquets de fleurs.

140 — Grande Console en acajou, époque du Ier Empire.

141 — Commode, époque Louis XVI, en bois rose et de couleur, ornée de médaillons à fleurs.

142 — Petite Console carrée, époque Louis XVI, pieds cannelés.

143 — Petite Boîte en marqueterie de Bombay.

144 — Petit Coffret recouvert en écaille, époque Louis XVI.

145 — Coffret, époque Louis XIV, orné de lames de cuivre gravé.

146 — Deux petits Coffrets, époque Louis XIV.

147 — Table en noyer, époque Louis XVI.

148 — Console, époque Louis XIV, pieds cannelés, en bois sculpté.

149 — Etagère, style Louis XIII, à colonnettes torses.

150 — Table, époque Louis XIV, à pieds tors.

151 — Très belle Console en chêne sculpté, époque Louis XIV. Pièce d'un très beau travail.

152 — Console en bois sculpté, pieds cannelés, époque Louis XVI.

153 — Console carrée en acajou, pieds cannelés, garnie de cuivre, époque Louis XVI.

154 — Glace avec cadre à fronton, en bois sculpté et doré. Travail époque Louis XIV.

155 — Grande Glace avec cadre à fronton, en bois sculpté et doré, époque Louis XV.

Haut. 2m.

156 — Grande Glace avec cadre sculpté et doré, de style Louis XVI.

157 — Lustre en bronze, orné de cristaux taillés de Bohème. Travail de l'époque Louis XIV.

158 — Glace de l'époque Louis XV, avec cadre en bois sculpté et doré.

159 — Petite Banquette en noyer, pieds tournés. Travail de l'époque Louis XIV.

160 — Fauteuil à dos carré, en bois sculpté, époque Louis XIV.

161 — Autre Fauteuil, de l'époque Louis XV.

162 — Autre Fauteuil, de même époque.

163 — Commode en noyer, époque Louis XV.

164 — Très beau Meuble hollandais, époque Louis XIII, en chêne sculpté.

Meuble d'une très riche ornementation et d'une parfaite conservation.

165 — Beau Secrétaire de l'époque Louis XVI, en marqueterie de bois rose et de bois de couleur, l'abattant du secrétaire orné de trophée militaire avec une pièce de canon, et la porte inférieure ornée de vases de fleurs.

Ce meuble est en bon état de conservation.

166 — Grande Glace de l'époque Louis XVI, avec encadrement sculpté, surmontée d'un trumeau haut-relief.

167 — Petit Coffret, époque Louis XIII, orné d'applications en cuivre et fer repoussés.

168 — Autre Coffret, époque Louis XIV, orné de lamelles de cuivre.

169 — Grand Bureau plat, à filets cuivre. Travail de l'époque Louis XVI.

170 — Grande Vitrine en acajou, à angles cannelés. Travail de l'époque Louis XVI

171 — Meuble d'encoignure de l'époque Louis XV, en marqueterie de bois rose et de bois d'amarante.

172 — Très joli Coffret en bois d'ébène, orné d'applications en cuivre découpé et doré. Travail de l'époque Louis XIV.

L'intérieur de ce coffret contient six carafons en Bohême ancien et gravé.

173 — Etagère d'encoignure à cinq plateaux, style Louis XV, en marqueterie de bois rose

174 — Petit Coffret du XVIe siècle, orné de plaques en os sculpté, représentant des scènes hiératiques, Travail vénitien.

175 — Autre Coffret du XVIe siècle, travail vénitien, orné de marqueterie d'ivoire.

176 — Petite Glace de style Louis XIII, cadre en corne rouge, ornée d'applications en cuivre repoussé.

177 — Glace de l'époque Louis XV, cadre en bois sculpté de même époque, redoré.

178 — Autre Glace plus petite que la précédente. Travail analogue.

179 — Baromètre avec cadre en bois sculpté, surmonté d'un médaillon représentant Mirabeau, époque Louis XVI.

180 — Petite Table à pieds tors, travail de l'époque Louis XIII.

181 — Petit Coffret en bois laqué rouge, travail français, époque Louis XV.

182 — Table en noyer sculpté, époque Louis XV.

183 — Tabouret, époque Louis XIV, pieds en noyer tourné.

184 — Petit Guéridon en acajou, dessus de marbre, époque du Ier Empire.

185 — Tabouret de pied, époque Louis XVI.

186 — **Buis**. Christ en croix, beau travail de l'époque Louis XIV. Le Christ a été peint au naturel.

187 — **Ivoire**. Christ en croix. Travail de l'époque Louis XIV.

188 — Petite Armoire en noyer sculpté, époque Louis XIV.

189 — Meuble à quatre portes et deux tiroirs en bois sculpté, époque Louis XIV.

190 — Petite Armoire d'enfant, époque Louis XIV.

191 — Cabinet en ébène, époque Louis XIII, manque le piètement.

192 — Banquette époque Louis XIV, pieds tournés.

193 — Un Tabouret de même époque, travail analogue.

194 — Bois de Paravent en hêtre sculpté, style Louis XVI.

195 — Autre bois de Paravent composé de quatre feuilles. Mêmes travail et époque.

196 — Grande Armoire à portes pleines, époque Louis XIV, sculpture moderne.

197 — Autre Armoire, plus grande que la précédente, même époque.

198 — Meuble à étagère, époque Louis XIII, portes à pointes de diamant.

199 — Deux petites Consoles demi-lune en hêtre sculpté, style Louis XVI.

200 — Table, pieds en bois tourné, style Louis XIII.

201 — Tabouret, époque Louis XV.

202 — Table-Toilette en acajou, époque Louis XVI.

203 — Table à jeu en acajou, travail de même époque.

204 — Petit Coffre en noyer sculpté, travail du XVIe siècle.

205 — Petite Commode en bois sculpté, travail de l'époque Louis XIV.

206 — Commode en noyer, forme tombeau, époque Louis XV.

207 — Tabouret en noyer, époque Louis XIV.

208 — Petit Crucifix en ivoire, époque Louis XIV, dans son cadre.

209 — **Ivoire.** Christ en croix avec cadre en bois sculpté, travail époque Louis XIV.

210 — Bois d'écran en noyer sculpté, style Louis XIV.

211 — Fauteuil style Louis XIV, sculpté, garni en blanc.

212 — Deux Fauteuils-Bergères, époque Louis XV.

213 — Bergère, époque Louis XVI, laquée blanc.

214 — Deux Fauteuils en bois sculpté, style Louis XIV, garnis en blanc.

215 — Deux bois de Canapé tête-à-tête, en hêtre sculpté, style de la Régence.

216 — Six Fauteuils en bois acajou, époque Ier Empire, recouverts en tapisserie de Beauvais, époque Louis XVI, représentant : les dossiers, des sujets à personnages d'après Boucher; et les sièges, des scènes des Fables de La Fontaine.

217 — Cinq Fauteuils, époque Louis XVI, dossiers à médaillon garnis en blanc.

218 — Deux Fauteuils de même époque, garnis en velours d'Utrecht.

219 — Bois de bergère Louis XVI.

220 — Six Bois de fauteuils en hêtre sculpté, style Louis XVI.

21 — Deux Bergères, de même bois et même style que les fauteuils précédents.

222 — Chaise de l'époque Louis XVI, modèle à colonnettes.

222 — Deux Bois de fauteuils en hêtre sculpté, style Louis XVI, modèle à médaillon, richement ornés.

224 — Deux Fauteuils époque Louis XV, dont un non garni.

225 — Deux Fauteuils époque Louis XVI.

226 — Cinq Fauteuils et une Chaise époque Louis XVI.

227 — Bergère à dossiers carrés, époque Louis XVI.

228 — Six Chaises, époque Louis XVI, cannées.

229 — Fauteuil de même époque, garni de même.

230 — Bergère époque Louis XVI.

231 — Six Chaises Empire en acajou.

232 — Fauteuil-Bergère, époque Louis XVI.

233 — Canapé, dossier carré, époque Louis XVI.

234 — Fauteuil-Bergère, époque Louis XV.

235 — Bergère et Fauteuil, époque Louis XVI.

236 — Trois Chaises, époque Louis XV.

237 — Bois d'écran en hêtre sculpté, style Louis XVI.

238 — Petite Étagère (vaisselier) en bois sculpté, époque Louis XIV.

239 — Grand Devant de coffre en noyer sculpté, époque Louis XIII, à cinq compartiments, dont le central orné de la figure de la Vierge.

240 — Deux Portes d'armoire, époque Louis XIV, en bois sculpté (sculpture moderne).

241 — Paravent à six feuilles, recouvert en papiers imprimés et peints, de l'époque Louis XV, à sujets d'après Lancret.

241 *bis* — Autre Paravent à six feuilles, décoré à la détrempe, représentant une Chasse à courre, époque Louis XV.

242 — Armoire, époque Louis XVI, en bois de poirier peint noir et filets de cuivre.

243 — Lit époque Louis XVI, à colonnes cannelées, pour porter un baldaquin.

244 — Panneau de dessus de porte en chêne sculpté, époque Louis XV, orné d'un trophée à carquois.

245 — Bas de meuble, époque Louis XIII, en noyer sculpté.

246 — Tabernacle en bois sculpté, époque Louis XIII, orné de têtes d'anges.

247 — Etagère, formant console, à deux tablettes, style Louis XIV.

248 — Deux Fauteuils Louis XV.

249 — Commode en acajou, époque Louis XVI.

250 — Grande Armoire en noyer sculpté, époque Louis XIV.

251 — Buffet normand, époque Louis XV, à quatre portes sculptées (sculpture moderne).

252 — Canapé, époque Louis XVI, dossier carré à culots et pieds cannelés.

253 — Grande Armoire en noyer, époque Louis XV.

254 — Deux Bois de canapé, style Louis XVI.

255 — Deux Bois de fauteuils, style Louis XIV en hêtre sculpté.

256 — Lit époque Louis XVI, sculpté, peint en blanc.

257 — Fauteuil d'enfant, époque Louis XV.

258 à 270 — Sous ces numéros seront vendus quantité de Panneaux sculptés provenant de meubles Renaissance, Louis XIII et Louis XIV; Sièges divers avec fractures, Pieds de tables, de consoles et Boiseries diverses provenant d'alcoves, d'autels et d'appartements divers.

TABLEAUX

271 — **Ecole française.** La Marchande de légumes. Tableau décoratif.

272 — **Franc-Floris.** Les Noces de Cana.

273 — **Poussin** (D'après). Apollon et Pan (Paysage).

274 — **Caravage.** Portrait d'homme. Cadre bois sculpté

275 — **Mallebranche** (Père). Passage du mont Saint-Bernard (Effet de neige).

276 — **Huchtenburg.** Escarmouche de cavalerie.

277 — **Vidal.** Bouquet de fleurs.

278 — **Ecole française.** Les Accords du mariage, la Surprise amoureuse. Deux pendants peints sous verre.

279 — **Longuet.** La Méditation.

280 — **Watteau** (D'après). Danse champêtre.

281 — **Berghem.** Passage du gué.

282 — **Ecole flamande.** La Vierge et l'Enfant.

283 — **Ecole flamande.** Deux Paysages formant pendants.

284 — **Ecole française.** Bouquet de fleurs.

285 — **Fielding** (Copeley). Vue d'Ecosse (Aquarelle).

286 — **Fontallard.** Berger des Landes (Aquarelle).

287 — **Michel-Ange des Batailles.** Fruits. Deux pendants.

288 — **La Hire** (Attribué à Laurent de). Portraits d'homme et de dame, représentés sous les figures d'Actéon et Diane.

4

289 — **Ecole flamande**. Portrait de femme, époque Louis XIII.

290 — **Ecole française**. Portrait d'un chanoine.

291 — **Rigaud** (D'après). Portrait de la mère de l'artiste.

292 — **Ecole flamande**. Portrait présumé d'Elisabeth d'Angleterre. Cadre en bois sculpté.

293 — **Bourguignon**. Combat de cavalerie.

294 — **Pourcelly**. Paysage (Gouache).

295 — **Ecole française**. Portrait de Mme de Maintenon. Cadre en bois sculpté.

296 — **Ecole française**. L'Education de l'Amour. Tableau décoratif.

297 — **Chailly** (1857). Canal glacé et Pâtineurs.

298 — **Ecole hollandaise**. Tout est vanité.

299 — **Ecole française**. Portrait de femme représentée en Judith.

300 — **Ecole française**. Mme de Motteville et les Princes du sang.

301 — **Ecole italienne**. L'Adoration des Mages.

302 — **Ecole espagnole**. Corbeille de fruits.

303 — **Albane** (D'après). L'Été.

304 — **Ecole française**. Portrait de femme.

305 — **Netscher** (Genre de). Portrait de femme.

306 — **Ecole française**. Pastorale. Cadre en bois sculpté.

307 — **Ecole italienne**. Combat de cavalerie.

308 — **Ecole italienne**. La Prise de Troie.

309 — **Boucher** (D'après). Le galant Berger (Pastel).

310 — **Kessel**. Chien, Singe et Fruits.

311 — **Ecole française** Deux grands Panneaux décoratifs : Scène, Sujets mythologiques (Grisaille).

312 — **Diaz** (Genre de). Paysage.

313 — **Ecole italienne.** Portrait d'homme.

314 — **Greuze** (D'après). La Fleuriste et la Laitière. Deux pendants.

315 — **Troyen** (R.-A.-V.). Intérieur de grotte (Sujet mythologique).

316 — **Patel.** Paysage et Ruines. Deux pendants.

317 — **Ecole flamande.** Deux Tableaux représentant les Sibylles de l'Hellespont et de Delphes.

318 — **Ecole française.** Portrait d'homme.

319 — **Ecole italienne.** Duchesse de Parme. Portrait en pied grandeur naturelle.

320 — **École française.** La Poésie (Dessus de porte). Cadre en bois sculpté.

321 — **Ecole française.** Enfance de Bacchus (Dessus de porte). Grisaille.

322 — **Bouchot.** Bouffé, rôle du *Gamin de Paris*.

323 — **Ecole allemande.** Un Torrent (Aquarelle).

324 — **Ecole française.** Portraits d'homme et de jeune garçon. Peinture sur cuivre à double face.

325 — **Diepenbecke.** Faunes et Naïades dansant.

326 — **Schedone** (Bartholomé). Saint Pierre.

327 — **Ecole flamande.** Portrait de femme.

328 — **Ecole française du XVIIIe siècle.** Apothéose de la duchesse d'Angoulême.

329 — **Natoire.** Le Char de Neptune. Panneau décoratif.

330 — **Bassan** (Jacques). L'Ange apparaissant aux bergers.

331 — **Santerre.** Portrait de femme. Cadre en bois sculpté.

332 — **Jouvenet** (Jean). Portrait de Domat, jurisconsulte.

333 — **Rosalba**. Portrait de femme (Pastel).

334 — **Raphaël** (D'après). Triomphe de Galatée. Peint sur cuivre.

335 — **Nanteuil**. Portrait d'un Magistrat (Pastel).

336 — **Téniers** (D'après). La Partie de cartes.

337 — **Longhi**. Portrait d'un architecte.

338 — **Ecole flamande.** Paysage et Ruines.

339 — **Gaskeels.** Bouquet de fleurs dans un vase. Cadre en bois sculpté.

340 — **Mireveldt**. Portrait de femme.

Elle est représentée en buste, vue de trois-quarts à gauche, le corsage ainsi que les manches ornés de guipure. Beau portrait. Cadre en bois sculpté.

341 — **Ecole française.** La Vierge et l'Enfant.

342 — **Beaubrun** (École des). Portrait de femme.

343 — **Heusch** (Guillaume de). Monument en ruines.

344 — **Ecole napolitaine.** Paysage. Cadre en bois sculpté.

345 — **Raoux** (D'après). Vertumne et Pomone.

346 — **Ecole italienne.** Portrait présumé de Garat. Cadre en bois sculpté.

347 à 357 — Sous ces numéros, divers Tableaux omis.

358 — **Bril** (Mathieu). Vue de Rome (Plume et lavis).

359 — **Hubert-Robert**. Monuments antiques (Plume et aquarelle).

360 — **Sauvage.** Deux Dessus de porte (Grisaille) : Jeux d'enfants.

361 — **Sulmann** (1750). Paysage (Lavis).

362 — **Bourgeois.** Deux Paysages (Pendants), forme ovale.

363-364 — Sous ces numéros, différents Tableaux, avec et sans cadres, de différentes écoles.

FAIENCES ET PORCELAINES ANCIENNES

365 — **Japon**. Paire de grandes Potiches, décor polychrome et or, époque chrysanthémo-paeonienne. Les couvercles fracturés.

366 — **Japon**. Deux Statuettes (Femmes debout), décor polychrome et or, même époque que le numéro précédent.

367 — **Japon**. Paire de petites Potiches, décor polychrome et or, même époque que les numéros précédents.

368 — **Chine**. Grand Plat rond, décor bleu (fêlure).

369 — **Chine**. Onze Assiettes, décor bleu.

370 — **Chine**. Six autres Asssiettes, décor bleu, dont une fêlée.

371 — **Inde**. Vingt Assiettes, filet rouge et or (une fêlée).

372 — **Chine**. Plat rond creux, décor bleu signé Koua. Une fêlure.

373 — **Japon**. Deux petits Bols.

374 — **Chine et Japon**. Pot à eau, Bol et Plat. Pièces fracturées.

375 — **Chine**. Cinq Soucoupes et quatre Tasses, décor polychrome avec personnages.

376 — **Delft**. Six Plats, décor bleu. Deux fêlés.

377 — **Nevers**. Plat, décor bleu. Fêlé.

378 — **Avignon**. Plat à fromage, terre vernissée.

379 — **Urbino**. Grand Plat rond, décor polychrome, sujet représentant Moïse frappant le rocher.

380 — **Faenza**. Plat rond, décor polychrome (chasse au lièvre).

381 — **Les Islettes**. Soupière ronde, décor polychrome, fleurs, avec anse fracturée.

382 — **Sceaux**. Cuvette forme gondole, décorée or.

383 — **Avignon**. Ecuelle émail brun.

384 — **Strasbourg**. Encrier, décor polychrome.

385 — **Paris**. Poêle brasero à relief, émail blanc.

386 — **Rouen**. Petite Fontaine à accrocher et sa cuvette, décor bleu.

387 — **Rouen**. Vase de nuit avec son couvercle, décor bleu.

388 — **Rouen**. Diverses Cuvettes de bidet, décor bleu et polychrome.

389 — **Rouen**. Vase de jardin, décor de paysage bleu.

390 — **Paris**. Jardinière, décor polychrome.

391 — **Avisseau**. Plat rond, bord festonné, à mascarons, émail polychrome, imitation de Palissy.

392 — **Moustiers**. Jardinière à accrocher, décor jaune et vert.

393 — **Rouen**. Petite Jardinière à accrocher, décor bleu.

394 — **Delft**. Plat, décor bleu, fleurs.

395 — **Delft**. Plat, décor bleu, fleurs.

396 — **Saint-Cloud**. Huit Couteaux, manches en pâte tendre, décor bleu. Trois poignées fêlées.

397 — **Frankenthal**. Deux Assiettes, décor polychrome, une ébrêchée.

398 — **Tournay**. Douze Assiettes, pâte tendre, décor bleu.

399 — **Imitation de Chine.** Dix Assiettes, décor polychrome.

400 — **Vincennes**. Plat rond (Prise de la Bastille). Fabrication moderne.

401 — **Hispano-Mauresque**. Deux Plats à reflets mordorés, travail moderne, — et Deux Potiches.

402 — **Saint-Clément**. Vingt-quatre Assiettes, décor dit au barbeau.

403 — **Naples.** Paire de Vases à anses chimère, décor polychrome avec médaillon, jeux d'enfant. Fabrication moderne.

404 — **Naples**. Petit Plat, décor polychrome (Pastorale).

405 — **Rouen**. Bannette ovale, décor polychrome fleurs. Une anse fracturée.

406 — **Nevers.** Plat à barbe.

407 — **Nevers**. Deux petits Bourdaloue, décor polychrome, fleurs.

408 — **Delft**. Plat rond, décor bleu; au centre, un Amour.

409 — **Delft**. Vase-Cache-Pot, décor bleu. Réparé au sommet.

410 — **Delft**. Plat à barbe, décor bleu, goût de Rouen.

411 — **Mayence.** Coupe armoriée, décor bleu. Fêlure.

412 — **Rouen.** Coupe, décor bleu.

413 — **Delft**. Trois Potiches, décor bleu à réserves, et deux Cornets.

414 — **Delft**. Tirelire datée 1782, décor à personnages.

415 — **Moustiers.** Aiguière, décor bleu. Quelques fractures.

416 — **Nevers.** Assiette patronymique, décor polychrome, datée de 1754.

417 — **Moustiers.** Petite Jardinière à accrocher, décor fleurs. Réparée.

418 — **Avignon.** Soupière à reliefs fleurs et oiseaux.

419 — **Moustiers.** Très jolie Bouquetière, décor polychrome avec médaillon paysage.

420 — Faïence moderne, imitation de Rouen, Cache-Pot.

421 — Grande Jardinière, décor polychrome, imitation de Rouen.

422 — **Bruxelles.** Soupière et son plateau en forme de chou, décor polychrome au naturel.

423 — **Delft.** Grande Potiche à surface lobée, décor bleu sur fond vert peint à froid.

424 — **Sicile.** Deux Vases de pharmacie, décor polychrome.

425 — **Marseille** Deux très jolis petits Cache-Pots, décor polychrome, bouquets de fleurs; très belle qualité.

426 — **Nevers.** Vase-Jardinière, décor bleu, personnages chinois.

427 — **Delft.** Paire de Potiches, décor bleu et fleurs.

428 — **Delft.** Deux Potiches à surface lobée, décor bleu, personnages et fleurs.

429 — **Delft.** Deux Potiches et deux Cornets, décor bleu, bouquets.

430 — **Delft.** Deux Potiches, décor bleu marine.

431 — **Chine.** Plat rond, décor polychrome, poissons et fleurs. Fracturé.

432 — **Strasbourg**. Cinq petits Pots à crème, décor fleurs et personnages.

434 — Faïence moderne. Pichet, homme à cheval sur un tonneau.

435 — Faïence moderne. Cache-Pot, imitation de Strasbourg.

436 — **Beauvais.** Pichet en grès, émaux bleu et brun.

437 — **Rouen.** Grande Vasque à bain de pieds, décor bleu.

438 — **Rouen.** Vase de nuit à couvercle, décor bleu.

439 — **Japon**. Grand Plat, décor polychrome et or. Réparé.

440 — **Chine.** Grosse Potiche, décor bleu, personnages, Réparée.

441 — **Chine**. Grand Bol, décor bleu, personnages.

442 — **Chine.** Beau Plat, décor bleu.

443 — **Chine.** Bol, décor polychrome, personnages, époque de Kien-Long.

444 — **Chine**. Bol, décor bleu, personnages, époque de Kien-Long.

445 — **Chine**. Plat rond à personnages, décor bleu.

446 — **Paris**. Verrière, décor de bouquets de fleurs au naturel, rehaussée d'or, petite fêlure, époque Louis XVI.

447 — **Paris**. Sucrier, décor or.

448 — **Paris**. Théière, décor dit au Barbeau.

449 — **Chine**. Paire de Potiches, décor polychrome, famille rose.

450 — **La Courtille.** Deux petits Seaux, décor de bouquets de fleurs au naturel.

451 — **Saxe moderne.** Deux Bonbonnières décorées de fleurs en relief.

452 — **Chine.** Deux Bols, décor polychrome à personnages, avec montures en bronze doré.

453 — **Paris.** Sucrier, époque Empire, décor de personnages, paysage et or.

454 — **Paris.** Sucrier et son Plateau, décor de fleurs et or.

455 — **Paris.** Autre Sucrier et son Plateau, décor polychrome rehaussé d'or.

456 — **Berlin moderne.** Deux Vases formant flambeau, modèle dit cassolette, décor sujet de chasse.

457 — **Vienne.** Jardinière, décor polychrome fleurs et or.

458 — **Paris.** Sucrier et Plateau, décor polychrome fleurs et oiseaux rehaussé d'or.

459 — **Chine.** Sucrier, décor or, à l'intérieur armorié, époque de Kien-Long.

460 — **Hochst.** Bol, décor paysage.

461 — Deux Jardinières, forme octogonale, décor polychrome rehaussé d'or, imitation Chine.

462 — Petit Cornet avec couvercle, même fabrication.

463 — Deux Vases, décor polychrome, même fabrication.

464 — **Chine.** Deux Vases, forme balustre, décor bleu, personnages, époque des Ming. Ebréchure.

465 — **Chine.** Théière, décor bleu et or, même époque que le précédent numéro.

466 — **Paris.** Pot à eau, décor de personnages peints au naturel.

467 — **Chine.** Divinité. Tête recollée.

468 — **Paris**. Groupe de trois personnages, décor en blanc.

469 — **Sceaux**. Sucrier en faïence, décor or.

470 — **Cyfflé**. Guerrier assis, statuette en terre de Lorraine.

471 — **Delft**. Beurrier avec son Plateau forme artichaut, peint vert et bleu, restauration au brochet formant le couvercle.

472 — **Paris**. Grand Seau, décor de bouquets de fleurs au naturel.

473 — **Nevers**. La Vierge et l'Enfant, grande statuette, décor polychrome.

474 — **Sicile**. Potiche, décor polychrome armes et armures.

475 — **Grès moderne**. Grande Cruche à relief, décor bleu, style du XVIe siècle.

476 — **Biscuit de Sèvres**. Petite Statuette (Femme). Ebréchée.

477 — **Sèvres biscuit**. Groupe de trois personnages. Tête recollée.

478 — **Saxe**. L'Automne, groupe de deux personnages. Réparé.

479 — **Saxe moderne**. Deux Groupes (Enfants). L'un d'eux fracturé.

480 — **Weedgwood**. Deux petits Bustes en faïence, décor polychrome. Un réparé.

481 — **Hispano-Mauresque**. Deux Vases, décor à reflets mordorés. Travail moderne.

482 — **Jacop-Petit**. Vase-Cache-pot biscuit : Enfance de Bacchus et Ivresse de Silène.

483 — **Rouen**. Fontaine à accrocher, deux Encriers, une Gourde, un Bénitier, deux Porte-Burettes et Salières.

484 — Dix-neuf pièces Chine, Japon et Inde : Tasses, Théières, Sucriers, Soucoupes, Boîtes à thé.

485 — **Paris**. Six Tasses et Soucoupes, décor au barbeau.

486 — **Provenances diverses**. Tasses, Soucoupes, Sucriers, Assiettes, Pot à lait, Pot à tabac.

487 — **Strasbourg, Nevers, Rouen, Delft**. Dix Assiettes, décors variés.

488 — **Strasbourg**, **Sarguemines** et **Delft**. Couvercle de Soupière, Théière et Plat.

489 — **Paris**. Paire de Vases, décor sujets personnages peints au naturel.

490 — **Hispano-Mauresque moderne**. Bénitier à reflets mordorés.

491 — **Chine**. Deux Soupières, décor bleu, paysage et fleurs, époque de Kien-Long.

492 — **Paris**. Grande Soupière et son Plateau, décor au barbeau, époque Louis XV.

493 — **Paris**. Autre Soupière analogue à la précédente, de même époque.

494 — **Saxe**. La Musique, statuette, décor polychrome rehaussé d'or. Restaurée.

495 — **Saxe**. Apollon, statuette, décor polychrome. Restaurée.

496 — **Weedgwood**. Paire de Bouquetières à trois ouvertures, en faïence à relief, décor bleu vert et manganèse.

Petites pièces fort curieuses.

497 — **Japon**. Quatre Tasses et leurs Soucoupes, décor polychrome.

498 — **Chine**. Quatre Assiettes, décor polychrome à personnages, époque de Kien-Long.

499 — **Chine**. Sept Assiettes, décor polychrome, à personnages, même époque.

500 — **Chine**. Quatre Assiettes, même décor et époque.

501 — **Chine**. Sept Assiettes, même décor et époque.

502 — **Chine**. Trois Compotiers, décor polychrome dit à cuisson, même époque.

503 — **Chine**. Compotiers, décor polychrome à personnages, même époque.

504 — **Chine**. Compotier, même décor et époque.

505 — **Inde**. Compotier, même décor à fleurs et époque.

506 — **Chine**. Assiette, décor polychrome à personnages, même époque.

507 — **Chine**. Plat à barbe rond, décor polychrome, même époque.

508 — **Chine**. Cinq Assiettes, décor polychrome, boutons et fleurs, famille rose, même époque.

509 — **Chine**. Quatre beaux Plats ronds, décor polychrome, rehaussés d'or, ornés au centre d'une armoirie polychrome rehaussée d'or.

Belle qualité, époque de Kien-Long. Ces pièces ont figuré à l'Exposition rétrospective de Châtellerault (1874).

510 — **Chine**. Deux Compotiers de même décor, qualité et provenance que les numéros précédents.

511 — **Chine**. Vingt-six Assiettes, même décor, armoiries et qualités que les numéros précédents.

512 — **La Courtille**. Deux Seaux, filets or.

513 — **Delft**. Brosse (dessus de), décor bleu.

514 — **Berlin.** Circassien, statuette, décor polychrome.

515 — Amour Mercure, porcelaine allemande. Fracturée.

516 — **Weedgwood.** Trois pièces de Surtout de Table, faïence blanche.

VERRERIE, ARGENTERIE ET IVOIRES

517 — **Bohême.** Vingt-huit Verres de différentes formes, gravés.

518 — Coupe et son Plateau, même fabrique.

519 — **Bohême.** Deux Carafons en verre gravé et taillé.

520 — **Venise.** Coupe, verres multicolores.

521 — Enfant couché, ivoire sculpté, travail français du XVIIe siècle.

522 — Deux autres Enfants debout, ivoire. Même travail et époque.

523 — Dix Pièces en ivoire sculpté : Christ de diverses époques.

524 — **Argent.** Porte-Huilier, époque Empire, forme gondole, burettes en verre blanc.

525 — **Argent.** Grand Gobelet gravé. Travail allemand du XVIIIe siècle.

526 — Deux Groupes en ivoire sculpté. Travail du XVIIIe siècle.

527 — **Argent**. Deux Salières. Travail ciselé et repoussé, époque Louis XVI.

528 — Quatre Salières en cuivre argenté, époque Premier Empire.

529 — **Argent.** Paire de Salières. Travail repoussé, époque Empire.

530 — **Argent.** Autre paire de Salières, Bouts-de-Table. Même travail et même époque.

531 — **Argent.** Deux Portes-Gobelets. Travail repoussé, époque Louis XVIII.

532 — Pichet à bière et deux Porte-Bouquets en verre de Bohême moderne.

533 — Gobelet à couvercle en verre de Bohême ancien, gravé.

534 — Dix Pièces en verre de Bohême : Sucrier. Beurrier, Huilier, etc.

535 — **Argent.** Deux Salières vieux Paris.

536 — **Argent.** Deux autres Salières, même travail et époque, forme gondole.

537 — Lot de Verrerie de Bohême ancien, Bois sculpté.

538 à 580 — Cadres en bois sculpté des époques Louis XIV, Louis XV et Louis XVI. Panneaux, Frises et différents Morceaux sculptés de diverses époques.

581 — Grande Bonbonnière, émail lisse de Chine. Quelques avaries.

582 — La Vierge et l'Enfant, bois sculpté, époque Louis XIV.

583 — Deux Coupes en verre de Bohême moderne.

584 — Service à thé avec son plateau en plaqué.

585 — Un grand Surtout plaqué, époque Empire.

586 — **Chaptal.** Buste en albâtre, par *Chaudet* (1810).

Ce buste a figuré à l'Exposition des Portraits nationaux en 1878.

587 — Henri III, grand émail moderne, forme ovale.

588 — Paire de Vases en faïence italienne, émail blanc.

589 — Paire de Vases en cuivre repoussé et argenté, époque Louis XIV.

590 — Deux Vases en porcelaine décorée, époque Louis XVIII.

591 — Pot à eau et sa Cuvette en porcelaine décorée et dorée, époque Empire.

592 — Trois Bidets en ancienne faïence de Rouen, décor bleu.

TAPISSERIES POUR MEUBLES

ET

TAPISSERIES VERDURES

600 — Huit Pièces en tapisserie au point, décor de scènes champêtres ; pour un paravent Louis XIII.

601 — Deux Dessus de siège en tapisserie au point, époque Louis XIV.

602 — Panneau en tapisserie au point, décor de fleurs sur fond jaune, époque Louis XIV.

603 — Siège et Dossier en tapisserie au point, même époque, sur fond bleu.

604 — Dessus de Siège de l'époque Louis XVI en tapisserie de Beauvais, fond blanc.

605 — Deux Pièces en tapisserie au point, décor de fleurs sur fond jaune, époque Louis XIV.

606 — Quatre Pièces en tapisserie au point, décor de fleurs sur fond jaune, époque Louis XIV.

607 — Six Pièces pour sièges, différents décors, même époque.

608 — Trois Pièces en tapisserie au point sur fond rouge, époque Louis XV.

609 — Dessus de fauteuil en tapisserie au point, époque Louis XIV.

610 — Douze Pièces : Bandes et Dessus de siège en tapisserie au point, époque Louis XIV.

611 — Lot de Morceaux pour Bras de fauteuil en tapisserie au point, même époque.

612 — Sept Pièces pour sièges, décor de fleurs sur fond blanc, tapisserie d'Aubusson, époque Louis XVI.

613 — Environ 15 Pièces en tapisserie au point pour sièges, époques Louis XIV et Louis XV.

614 — Sept Pièces en tapisseries au point et d'Aubusson, époque Louis XVI.

615 — Environ 25 Pièces en tapisserie au point et tapisseries tissées de diverses époques (Ce lot sera divisé.)

616 — Tapisserie de l'époque Louis XIII, à personnages (Aubusson).

617 — Bande de Tapisserie de Flandre du XVIe siècle.

618 — Bordure de Tapisserie Aubusson, de l'époque Louis XIII.

619 — Petit Panneau de tapisserie verdure, même fabrique.

620 — Tapis en tapisserie au point, style Louis XIV.

621 — Tapisserie à personnages, époque Louis XIII. Fabrique d'Aubusson.

622 — Lot considérable de Bandes et Morceaux de tapisseries de diverses espèces, fabriques et époques (Sera divisé).

623 — Quatre Tapis de pieds en moquette.

624 — Environ 30 Pièces, Broderies des XVe et XVIe siècles, provenant de chasubles.

625 — Lot de Soieries anciennes provenant de rideaux.

626 — Lot d'Etoffes imprimées.

627 — Deux Couvre-Lits en soie blanche, époque Louis XV.

628 — Couvre-Lit en damas de soie rouge, époque Louis XVIII.

629 — Chasuble en damas de soie, époque Louis XIV.

630 — Lot considérable de Franges et Galons de diverses époques.

631 — Deux Chasubles en soie brochée, fond crème, époque Louis XV.

632 — Deux Chapes en soie brochée, fond blanc, même époque.

633 — Dix Chasubles en soie brochée, époques Louis XV et Louis XVI.

634 — Deux Chapes en damas de soie rouge.

635 — Cinq Bandeaux d'autel en soie brochée.

636 — Robe en soie brochée fond vert, époque Louis XVI.

637 — Robe de femme en soie brodée, travail chinois.

638 — Broderie de soie, époque Louis XIV. Tableau de forme ronde, guirlande de fleurs entourant un sujet représentant l'Adoration des Mages. Très beau cadre en bois sculpté de même époque.

639 — Sous ce numéro, Etoffes anciennes de diverses époques, Tapisseries au point, Etoffes d'ameublement.

DENTELLES ET GUIPURES ANCIENNES

640 — **Guipure française, époque Louis XIV.**

Ce remarquable bas d'Aube a été brodé et travaillé à l'aiguille d'après un dessin de Gérard Audran ; il est chargé à la partie supérieure de sept fleurs de lys : au centre de la composition, trois couronnes royales ornées de fleurs de lys supportées par des figures debout dans le goût de Berain encadrent une autre figure à mi-corps placée sur une gaîne. Ces sujets sont alternés d'un portrait du roi Louis XIV, couronné par deux anges ailés, surmonté d'un dais à panaches.

Les arabesques qui composent ce précieux dessin sont semées de médaillons à têtes de César vues de profil, de trophées d'instruments de musique et de figures allégoriques diverses.

Ce travail de premier ordre est d'une richesse inouie, d'une exécution incomparable et d'une conservation extraordinaire.

Cette pièce a figuré à l'Exposition rétrospective de Tours en 1873, et a été classée comme ayant été exécutée pour le cardinal de Mazarin. Long. 3m36, haut. 0m63.

641 — **Filet de Venise**. Garniture de Lit composée de lambrequins, de deux couvre-traversins et du couvre-lit en parfait état de conservation. Travail au fil tiré de l'époque Louis XVI.

642 — **Filet ancien**. Garniture de Lit composée du même nombre de pièces que le numéro précédent, époque Louis XIV.

643 — **Filet de Venise.** Quatre Rideaux avec partie en fil tiré, travail de l'époque Louis XIV. Haut. 1m45.

644 — **Filet de Venise.** Deux Rideaux, travail de même époque que le numéro précédent. Haut. 1m40.

645 — **Guipure de Venise.** Napperon rectangulaire, époque Louis XIV. Long. 1m70, larg. 0m80.

546 — **Guipure de Milan**. Bande de riche ornementation, époque Louis XIV. Long. 3m60, Haut. 0m18.

647 — **Guipure de Milan**. Bande, époque du XVIIe siècle. Long. 5m20.

648 — **Guipure de Milan.** Bande du XVIe siècle, ornementation sur filet. Long. 1 mètre.

649 — **Guipure de Milan.** Belle Bande, travail sur filet du XVIIe siècle. Long. 3m20, larg. 0m14.

650 — **Guipure de Milan**. Bande fil tiré, travail du XVIIe siècle, 3m50.

651 — **Guipure de Milan.** Beau Col de dame, travail de l'époque Louis XIV.

652 — **Guipure de Gênes**. Belle bande échancrée ajourée. Travail du XVIe siècle. Très beau dessin. Longueur 1m25.

653 — **Filet de Venise**. Bande, 3m45 de longueur, hauteur 0m7.

654 — **Guipure de Milan.** Belle Bande échancrée. Travail au filet et fil tiré, belle ornemantation, époque Louis XIV. Longueur 1m80, hauteur 0m19.

655 — **Filet de Milan**. Bande, époque Louis XIV. Longueur 4m40, hauteur 0m6.

656 — **Guipure de Milan**, époque Louis XIV. Très belle ornementation. Longueur 3m60, hauteur 0m14.

657 — **Guipure de Venise**, époque Louis XIII. Bande d'une très belle ornementation reliée au filet. Longueur 3m40, hauteur 0m23.

658 — **Guipure de Venise.** Travail même époque que les précédentes. Ornementation plus large à grosses fleurs. Longueur 4m20, hauteur 0m18.

659 — **Guipure de Venise.** Grande Bande reliée au filet, avec petite bordure. Travail époque Louis XIII. Longueur 1m75, hauteur 0m28.

660 — **Guipure de Venise.** Bordure échancrée, travail de l'époque Louis XVI. Longueur 5m30, hauteur 0m6.

661 — **Guipure de Venise.** Bordure analogue à la précédente, époque Louis XVI. Longueur 3m08, hauteur 0m4.

662 — **Guipure de Venise.** Très belle Bordure, ornementation reliée au filet. Travail de l'époque Louis XIII. Longueur 3m95, hauteur 0m6.

663 — **Guipure de Venise**. Autre très belle Bordure, très riche ornementation. Travail de l'époque Louis XIII. Longueur 1m65, hauteur 0m8.

664 — **Filet de Venise.** 60 mètres de Bordure échancrée, époque Louis XVI.

665 — **Guipure de Venise.** Très beau Col à dents échancrées avec une grande délicatesse, époque Louis XIV.

666 — Autre Col, plus petit que le précédent. Belle ornementation et même époque.

667 — Bande de même époque. Belle ornementation. Longueur 0m80, hauteur 0m8.

668 — **Filet.** Grande Bande échancrée, travail de l'époque Louis XVIII. Longueur 8m50 sur 0m15 de hauteur.

669 — **Alençon.** Deux Coupes mesurant 5m60, beau dessin orné de fleurs avec bordure échancrée, ornements à fonds, époque de Louis XV. Hauteur 0m8.

670 — **Alençon.** Très jolie Bande de l'époque Louis XV, riche d'ornementation. Longueur 1m55 (probablement un col tuyauté).

671 — **Alençon.** Autre Bande analogue à la précédente, même usage, belle ornementation, travail époque Louis XV. Longueur 0m85.

672 — **Alençon.** Petite Bande d'une belle exécution, époque Louis XV. Longueur 0m 70.

673 — **Alençon.** Fond de Bonnet, travail de l'époque Louis XVI.

674 — **Valenciennes.** Très joli Dessin, imitation de Cachemire, travail de l'époque Louis XVI. Longueur 3m25, hauteur 0m4.

675 — **Valenciennes.** Deux Barbes, époque Louis XVI. Longueur 1m45.

676 — **Valenciennes.** Bande, travail de l'époque Louis XV. Longueur 2m20, et deux Manchettes, même travail.

677 — **Angleterre.** Bande d'une très riche ornementation, travail de l'époque Louis XVI. Longueur $1^{m}50$, hauteur $0^{m}18$.

678 — **Angleterre.** Bandes et Barbes Louis XV. Très beau dessin. En tout 5 mètres.

679 — **Angleterre**. Bande, belle ornementation, époque Louis XVI. Longueur 6 mètres.

680 — **Angleterre.** Deux Fanchons (ou deux cols), travail de l'époque Louis XVI. L'un d'eux a été rogné.

681 — **Angleterre.** Époque Louis XVI. Différents Morceaux provenant d'une garniture de robe. Environ 7 mètres.

682 — **Malines.** Belle Bande époque Louis XVI. Longueur $1^{m}65$, hauteur $0^{m}10$.

683 — **Malines.** Autre Bande de même époque. Longueur $2^{m}65$, hauteur $0^{m}72$.

684 — **Application d'Angleterre.** Bande époque Louis XVIII. Longueur $4^{m}85$, hauteur 8 mètres.

685 — Blonde. Écharpe.

686 — Bande ou ceinture de travail allemand, brodée de soie et de ganse dorée (XIXe siècle).

687 — **Milan**. Bande époque Louis XVI. Longueur $3^{m}40$.

688 — **Fabrication espagnole**. Bandeau d'autel, époque Louis XVIII. Longueur $3^{m}90$, hauteur $0^{m}35$.

689 — **Même fabrication.** Petit Bandeau d'autel, même époque. Longueur $1^{m}60$, hauteur $0^{m}23$.

690 — **Malines**. Bande. Longueur $1^{m}80$.

691 — **Malines.** Autre Bande, époque Louis XVI. Longueur $3^{m}50$ en plusieurs morceaux.

692 — **Malines.** Petite Bande. Longueur 2 mètres.

693 — **Malines.** Une Bande époque Louis XVI. Longueur $1^{m}80$.

694 — **Bruges.** Grand Col guipure, époque Louis XIV. Longueur $1^{m}25$.

695 — **Bruges.** Autre Col, plus petit que le précédent, même époque.

696 — Application sur Tulle brodé voile. Volant de robe, mesurant $9^{m}10$, hauteur $0^{m}27$.

697 — **Dentelles de fil**, fabriques inconnues. Quatre Coupes diverses.

698 — Trois autres Coupes, fabriques inconnues.

699 — Autre lot, composé de trois Coupes, fabriques inconnues.

700 — Autre lot.

701 — **Garniture de lit**, guipure et soie bleue, époque Louis XVI, composée de six Rideaux Lambrequins, Fond de lit et Couvre-Lit.

702 — **Bande d'autel** (Guipure de Venise), époque Louis XIII. Longueur $2^{m}65$, hauteur $0^{m}22$.

703 — **Guipure de Venise.** Deux Bandes du XVIe siècle. Longueur $4^{m}25$.

704 — **Filet de Venise**, XVIe siècle, Bande échancrée, très riche ornementation. Longueur $7^{m}90$.

705 — **Bruges**. Guipure du XVIe siècle, Bande échancrée. Longueur 2 mètres.

706 — **Filet de Venise**. Grande Bande échancrée, belle ornementation, époque Louis XIII.

707 — **Filet de Venise.** Bande de même époque et même travail. Longueur 2 mètres.

708 — Sous ce numéro, Rideaux, Bas d'aube, Napperon, Guipures de Venise et autres.

709 — **Dentelles noires**. Chantilly-volant, époque Louis XVI, mesurant 4m85, hauteur 0m36.

710 — **Volant** en guipure d'imitation, Châles, Mantille et Objets divers.

OBJETS DE VITRINE, MINIATURES BIJOUX, OBJETS EN ARGENT

711 — **Châtelaine et Boîtier de montre, de l'époque de la Régence.**

Cette magnifique Châteleine et le Boîtier de montre sont en or ciselé et émaillé.

La Châteleine est composée de quatre écussons dont celui du sommet représente Adonis quittant Vénus: les trois autres représentent des groupes d'amours; le boîtier de la montre est orné d'un grand sujet représentant une jeune femme et un jeune homme devant l'hôtel de l'hyménée.

Le boîtier est orné d'un beau brillant.

Les peintures en émail sont de la plus remarquable finesse et d'un très beau dessin. La composition de l'ensemble est d'un goût exquis.

Ces peintures sont dues à *Petitot* et *Bordier*, son beau-frère.

Nota. Le boitier a deux petits éclats sur le bord extérieur.

712 — Paire de Boucles d'oreilles à grandes pendeloques argent et strass, époque Louis XVI.

713 — Autre paire de Boucles d'oreilles à grandes pendeloques argent et strass de travail normand, même époque.

714 — Paire de Boucles d'oreilles créoles, or émaillé, ornées de perles fines, époque Louis XVIII.

715 — Autre paire de Boucles d'oreilles créoles or et topaze.

716 — Autre paire de Boucles d'oreilles, or et perles.

717 — **Or**. Paire de Boucles d'oreilles émaillées ornées de perles Louis XIII.

718 — Autre paire de Boucles d'oreilles à pendeloques or et petites perles fines.

719 — **Or**. Croix Jeannette, époque Louis XVI.

720 — **Or**. Cœur et une Croix Jeannette ornée de brillants.

721 — Pendant de col argent, et jais, époque Louis XIV.

722 — Paire de Boucles d'oreilles or et pierres de couleurs.

723 — Deux autres, même travail et époque Boucles d'oreilles.

724 — Deux paires de Boucles d'oreilles en argent doré.

725 — Collier en or jaseron et pierres de couleur.

726 — Collier orné de quinze rangs de petites perles fines, monture en or.

727 — Paire de Boucles d'oreilles en argent, strass et grenat, époque Louis XVI.

728 — Broche en argent, époque Louis XVI.

729 — Deux petites Chaînes en or.

730 — Cadre de l'époque Louis XVI en filigrane d'argent.

731 — **Argent.** Deux petits Cadres ovales, style Louis XVI.

732 — Petit Bracelet en or, époque Louis-Philippe.

733 — Deux paires de Boucles d'oreiles en or et cornaline.

734 — Parure : Collier et Boucles d'oreilles en pierres dures.

735 — Croix Jeannette argent et strass, époque Louis XVI.

736 — Paire de Boucles d'oreilles ornées de roses montées en cabochon.

737 — Bague argent et strass, époque Louis XVI.

738 — **Or.** Petite Croix Jeannette.

739 — **Or.** Bague ornée d'un diamant table.

740 — **Or.** Autre Bague ornée d'une rose.

741 — **Or.** Bague ornée d'une agate.

742 — Petit Socle en argent doré, orné de pierres fines.

743 — **Or.** Bague ornée d'une rose.

744 — **Argent et strass.** Compas et Équerre maçonniques époque Louis XVI.

745 — **Argent filigrane.** Collier, travail époque Louis XIII.

746 — **Argent doré.** Paire de Boucles d'oreilles ornées de rubis et perles fines.

747 — **Argent et strass.** Broche avec grand pendentif, très beau travail époque Louis XVI.

748 — **Argent et strass.** Paire de Boucles d'oreilles à poire, époque Louis XVI.

749 — **Argent.** Deux petits Vases flacon en filigrane, époque Louis XVI.

750 — **Or et argent.** Trois Épingles de cravate ornées de strass et de grenats.

751 — Broche camée, coquille entourée de rubis.

752 — **Or, argent et roses.** Paire de Boucles d'oreilles, pendentifs à poires.

753 — Saint-Esprit en argent doré, Broche ornée de turquoises et perles fines.

754 — Bracelet en or et corail.

755 — **Argent et strass.** Broche, époque Louis XVI.

756 — **Bronze doré.** Châtelaine ciselée, style Louis XVI.

757 — Châtelaine-Breloque Louis XVI.

758 — **Argent.** Deux Épingles, deux Boucles d'oreilles, et deux Croix de chapelet.

759 — Boîte ovale en agate, monture en bronze doré, époque Louis XVIII.

760 — Autre Boîte époque Louis XVI.

761 — Tabatière carrée, époque Louis XVI, monture en bronze doré, paillon sujet de chasse sur fond bleu.

762 — Tabatière ronde en ivoire, avec attributs champêtres.

763 — Deux petites Tabatières ovales en agate, monture en bronze doré.

764 — Tabatière en écaille, cercles argent Louis XVI, et une autre en ivoire.

765 — Boîte porte-cartes en marqueterie de nacre vive et nacre gravée, époque Louis XVI.

766 — Tabatière ronde en bois laqué, époque Louis XVI.

767 — Boîte époque Louis XVI, avec portrait de femme.

768 — Très jolie Peinture sur émail (intérieur de tabagie), d'après Téniers, époque Louis XVI.

769 — Émail partie de boîtiers de montre, Louis XVI.

770 — **Ecole française.** Portrait d'homme, miniature sur velin, époque Louis XVI.

771 — **École française.** Portrait de femme, miniature sur ivoire, époque Louis XVI.

772 — **École française,** d'après Janinet, (Oh, le joli petit chien !) miniature sur vélin.

773 — **École française.** Sauvage Génie conduisant le Char de la Renommée, miniature grisaille sur ivoire.

774 — **École française.** Quatre petites Miniatures (sujet de chasse) sur ivoire.

775 — **École française.** Paysage à la gouaché.

776 — **École française.** Portrait de femme sur ivoire.

777 — **École française.** Autre Portrait.

778 — **École française.** Autre Portrait.

779 — Trois Miniatures, ivoire et vélin.

780 — Lot de cinq Pièces, miniature du XVIIIe siècle.

781 — Lot de quatre Émaux des XVIIe et XVIIIe siècles.

782 — Quatre tout petits Biscuits de Sèvres, provenant de pendules.

783 — **École française.** La jeune Mère, dessin rehaussée.

784 — **École flamande.** Deux petits Tableaux peints sur cuivre (mois de juin et septembre), manière de Saft-Leven.

785 — **École flamande.** Portrait de femme, peinture sur écaille.

786 — **École flamande.** Petit Portrait d'homme peint sur argent.

787 — Treize Éventails de diverses époques.

788 — Deux Étuis, l'un en galuchat l'autre émaillé, époque Louis XVI.

789 — Boutons, Collier et Perles en ambre.

790 — Lot de Boutons, époque Louis XIV, en nacre, acier et strass.

791 — **Or.** Paire de Boucles d'oreilles, ornées de corail rouge sculpté.

792 — Lot de Bijoux faux.

793 — Lot de Boucles d'oreilles, Cachets, Breloques en or, argent, doré et cuivre, et une Bague.

794 — Lot de Bijoux et Débris de bijoux en argent : Boucles d'oreilles, Bagues et autres.

795 — **Or, argent doré et émaux.** Quatorze Pièces : Broches, Breloques, Camées, Cachets et Coquilles.

796 — **Bronze doré.** Châtelaine de l'époque Louis XVI.

797 — **Argent.** Agrafes, époque Louis XVI.

798 — **Argent.** Autres Agrafes, analogues aux précédentes.

799 — **Argent.** Deux autres paires d'Agrafes.

800 — **Argent.** Agrafes de manteau, époque Louis XVI.

801 — **Argent.** Deux autres Agrafes, même époque.

902 — **Argent.** Autres Agrafes.

803 — **Argent.** Autres Agrafes.

804 — **Argent.** Autres Agrafes.

805 — **Argent.** Paires de Boucles à facettes, époque Louis XVI.

806 — **Argent.** Grande paire de Boucles carrées, même époque.

807 — **Argent.** Quatre Agrafes, travail gênois dit au filigramme.

808 — **Argent.** Peigne, époque Louis XVI.

809 — **Argent.** Deux Crochets de ceinture, Porte-Éventail, époque Louis XVI.

810 — **Argent.** Tire-Bouchon de poche, époque Louis XIV.

811 — **Argent.** Partie de Boucles, Porte-Étiquettes à vin. Neuf pièces.

812 — Petit Cœur, Broche ornée de marcassites et autre ornés de chrysocale.

813 — **Ivoire.** Étui, travail chinois.

814 — **Broderie de soie.** Portrait du duc de Bourgogne, travail époque Louis XIV.

815 — **Émail moderne.** Portrait d'Isabelle d'Autriche.

816 — Lot de Bracelets et Bijoux en acier, époque Louis XVIII.

HALL

817 — **Portrait de Mme Elisabeth de France.**

Elle est représentée en buste, la tête vue presque de face, les cheveux poudrés retenus par un ruban bleu. Très belle miniature sur ivoire, encadrée d'or et entourée de 24 brillants de la plus belle eau.

Ce remarquable portrait est parfaitement conservé et fut donné par Mme Elisabeth à Melle de Mahy de Favras dont elle était chargée de l'éducation.

Il passa de cette dernière à Melle de Sedaine, décédée vers 1878, des héritiers de qui Mme Dupré tenait cet objet.

818 — Lot de Bagues en cuivre, argent et ivoire, un Cachet en pierre gravée.

819 — Quatre Pièces : Chapelets et Colliers en ivoire, verroterie de couleur, époque Louis XIII et Louis XIV.

820 — **Argent.** Calice de l'époque Louis XIV, travail repoussé et ciselé, orné d'arabesques, masques d'anges et des instruments de la Passion.

La patène est ornée d'un médaillon rond repoussé et ciselé, représentant la mise au tombeau.

Bel état de conservation.

Poids des deux pièces, 1,000 grammes.

821 — Sous ce numéro, Bordures et Morceaux à personnages et animaux, tapisseries des fabriques de Bruxelles, époque Louis XIII.

822 — Vitraux des époques du XVe et du XVIe siècle dont un représentant une Chasse au sanglier.

823 — Petit modèle d'Armure, en fer repoussé.

824 à 826 — Les Objets omis, Fers forgés, Chenets en fontes, Débris de bronzes, Entrées, Chutes, etc., etc.

Vve Renou et Maulde, imprimeurs de la Compagnie des Commissaires-Priseurs, rue de Rivoli, 144. 1,000—61481

RED. : 20

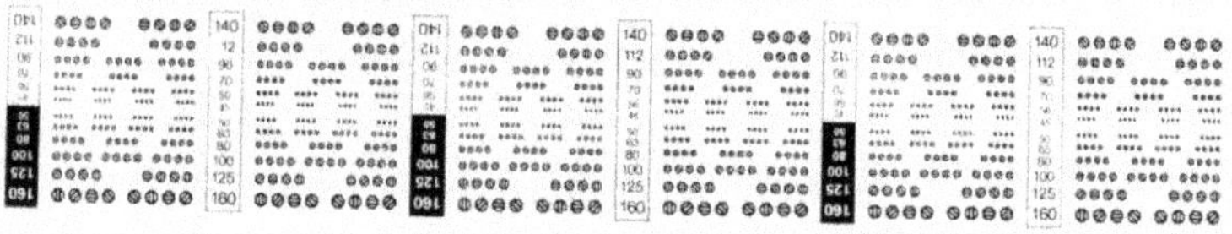

www.ingramcontent.com/pod-product-compliance
Ingram Content Group UK Ltd.
Pitfield, Milton Keynes, MK11 3LW, UK
UKHW022128260726
13993UKWH00003B/1299

9 782329 247229